LE 14 JUILLET 1882

A LAVAL

PAR

TABURET DES LANDES-PLION

PROGRAMME DE LA FÊTE

Prix : 50 centimes

LAVAL
IMPRIMERIE CAMILLE BONNIEUX
RUE RENAISE, 46
1882

AU 124e RÉGIMENT DE LIGNE

HOMMAGE DE L'AUTEUR

AUX LAVALLOIS.

—

Oui, vous m'édifiez ; tout ému, je salue.
Pavoisement total : Maison, boulevard, rue.
Magistrats, habitants, je suis fier de vous voir
Accomplir de concert un sublime devoir.
Et ce n'est pas orgueil, flatterie ou caprice,
Non ; mais conviction. Je le dis, c'est justice.

ÉTAPES SANGLANTES

AU PEUPLE DU 14 JUILLET 1789.

A toi de nettoyer l'ordure du pavage,
A toi le balaiement, à toi le vrai lavage.
Nos vains Rois sont ta chose : A toi de les punir,
A toi de les juger, à toi de les bannir.

Le vieux monde s'abime et la Bastille croule.
Sur le tas des débris, danse, sublime foule.
Mais as-tu bien sondé chacun des cachots noirs,
Les profonds corridors, tortueux entonnoirs
Qui se déversaient tous dans le trou de la tombe?
Le fatal monument sous tes coups puissants tombe.
C'est bien, peuple; c'est grand; salut, salut, géant.
Effrayé, le despote invoque le néant.

Mais tous les séquestrés dans ces murailles sombres
Ont-ils quitté la place ? Au milieu des décombres
N'est-il resté personne ?
— « Aucun captif. »
— Alors
Cabre comme un coursier rendu libre du mors.

1830.

Depuis un demi-siècle, en silence, chez soi,
Les patriotes vrais, pleins d'une mâle foi,
Évoquant le tableau de nos anciens régimes,
Mornes disaient entre eux :
Dans de profonds abîmes
Nos pères ont jeté les Rois de droit divin :
Nous n'en sommes pas moins esclaves. C'est en vain
Que généreusement ils ont rougi les rues
Et de leurs gais hourras charmé l'écho des nues.
Il est vrai, nous avons Philippe-Égalité ;
C'est le trône quand même et c'est la Royauté !
Nous sommes las du joug, reprenons l'équilibre ;
A l'assaut : Le destin d'un peuple est d'être libre.

Le flot des opprimés fit le soulèvement
D'Encélade, ébranla.... Mais ce fut vainement.
Avec ses crocs en fer la garde dans sa geôle
Veillait : des mécontents elle perça l'épaule.

« Battus, dirent ceux-ci ! Du sang des morts, ces preux,
Doit naître une recrue et nous serons nombreux
Lorsque luira pour nous l'heure de la revanche.
Rageur dans sa maison que chacun se retranche. »

1848.

Le chômage était là —
« Du travail ou des balles,
Répétait Louis Blanc —
La foule, dans les salles.
Hébétée, ahurie, écoutait ce discours.

On vit des groupements étranges dans les cours,
Sur les grands carrousels, sur les quais, sur les places,
C'étaient des gens au teint hâve ; c'étaient les faces,
Pâles, blêmes des gueux.
La Famine était là !...
Et le Roi se gorgeait !...
— « Je veux du pain ; voilà,
Dit l'un des malheureux. Voudrait-on que je meure ?
Dans un coin du grenier de ma triste demeure
Mon père a mis son sabre : il est un peu rouillé !
N'importe. Hormis de lui, je me suis dépouillé
De tous mes bons outils. La misère me presse.
Et puisque le Pouvoir me livre à ma détresse,
Comme moi sans ressource, allons, vieux compagnons,
En masse levons-nous ; amis, debout. — Cognons
Aux portes du palais où le roi vit à l'aise.
Pas de discussions ; à l'œuvre, et qu'on se taise,
Fiers, mais silencieux, revendiquons nos droits :
Le silence d'un peuple est la frayeur des rois.

Ce fut l'engagement épouvantable, atroce ;
Car c'était la requête énorme de la force.

Nos pauvres travailleurs luttèrent, valeureux.
Ce fut l'échec sinistre, effrayant, douloureux.
Ce fut le percement de plus d'une poitrine,
Ce fut le morne exil, ce fut la guillotine,
Et ce fut la coupable effusion du sang
Qu'ordonna le tyran farouche, rugissant ;
Et ce furent les maux qui suivent les batailles.
Massacrer un vaincu !

Les vainqueurs sont canailles.

1871.

Des bombes dans les airs, des balles dans l'espace ;
Sur les murs de Paris de l'Allemand rapace
La main est accrochée. — Oui, Paris est bloqué. —
Dans la ville, le peuple est mourant, suffoqué.
Du grand cercle d'acier, de fer, de baïonnettes,
L'ennemi — chaque nuit — resserre les chaînettes.
Que cela continue et ce sera l'étau.
Bismarck — noir forgeron — déjà prend son marteau.

Mais voilà que l'on veut illuminer la scène !
On a peur de mourir sur les bords de la Seine
Sans se voir !... de rouler au fond d'obscurs tombeaux !...
Voilà des forcenés qui s'arment de flambeaux :
Paris devient Moscou ! Le gigantesque Louvre
Se change en un brasier.

Honteux, je me découvre :
Le flamboiement du feu rougit tout l'horizon,
Et ce sont des Français qui font Paris tison !

De l'ardente fournaise un cri : « Paix, pitié, grâce, »
S'échappe... c'est en vain : on fera nette place.
Femmes grosses, enfants, vieillards sont égorgés.
Ce sont les communards : ils tuent !

Les enragés !

14 JUILLET 1880.

Le Républicain sent à son front la rougeur
De la honte monter. Confus, morne, songeur,
Il tient son œil fixé sur le drapeau qui flotte,
Le drapeau du pays. — Il le regarde, il frotte
De la main sa paupière.

« Oui, dit-il, c'est bien lui
Qui vit Quatre-vingt-treize. Il est vrai ; c'est celui
Qui parcourut l'Europe en traînant la victoire
Sous son ombre puissante. Une page d'histoire
Glorieuse, immortelle, impérissable enfin
S'attache à lui. — N'importe, à bas, à bas, afin
Qu'on ne puisse plus voir les trous nombreux des balles.
Longtemps il a traîné sur les puantes dalles
Du palais que souillait Napoléon-Petit :
Ne gardons aucun legs de ce vieux décrépit.
Enlevons ces drapeaux ; ils ont odeur de fange,
Ils sont tout pollués de la hampe à la frange.
Lorsque sous le Prussien le pays s'est courbé,
Dans un puant bourbier chacun d'eux est tombé.
Amis, souvenons-nous de cette épilepsie,
De cette crise atroce. Allons, démocratie,
Un malade guéri, relevé, bien portant,
Endossa-t-il jamais son habit dégoûtant
De glaires et de bave ? Il le jette à la flamme.
Or donc, nous arborons la nouvelle oriflamme.

Les Pouvoirs ont groupé pour cette fête-là
L'armée, ils nous ont dit :

« Le drapeau, le voilà :
Il est sans taches, pur ; il est aussi sans gloire.
Apprenez vite à le conduire à la victoire ;
Nous aurons bientôt lieu de livrer des combats :
Des milliers de Français—bannis—pleurent, là-bas !... »

LE 14 JUILLET 1882

A LAVAL

PRÉLUDE

AU GÉNÉRAL ALLARD.

—

Général,

Vous avez présidé la revue.
Le régiment est vieux et sa valeur connue.
Nous avons applaudi tous le grand défilé :
Votre soldat est fier, à qui le plus zélé.

On dit :

Il n'aime pas à sentir la giberne
Peser sur son épaule, il maudit la caserne.

C'est vrai ; mais on comprend mal ce dégoût profond.
Notre soldat, à nous, ne veut pas que son front
Se ride à ne rien faire. Il est fort, il est mâle,
Il est audacieux : il convoite le hâle
Qu'on cueille aux Champs-de-Mars. N'est-ce pas, général,
Il prendrait la bataille aussi gaiement qu'un bal,
Et si vous lui disiez : il faut te mettre en route
Vers la Prusse, son cœur, tremblerait-il ?

— J'en doute.

NOS LYCÉENS.

Nos bouillants lycéens forment la jeune France.
Ils sont pour l'avenir, ils sont la Renaissance.

Un méchant reporter du journal « le Drapeau »,
Les a stigmatisés, les appelant : « Troupeau »,
Avançant qu'ils n'ont point l'allure martiale.

Ce reproche est tombé de plume partiale.
Il n'en faut point tenir un compte rigoureux.

Eux, ont protesté haut, en termes vigoureux,
Emus, pensés, sentis.

— Bravo.

Pour mieux paraître
Nos fiers étudiants n'ont besoin que d'un maître.
Généreux par nature, ils sont vaillants. Aussi
Dans un jour de péril tous crieraient : — Nous voici. —

LA GRANDE JOURNÉE

L'HOTEL DE LA PRÉFECTURE.

La Préfecture en feu : rayonnement céleste!
C'est bien ; c'est consolant : la France manifeste.

La Préfecture en feu : c'est un buisson ardent
Qui luit dans la cité ; c'est le signe évident
Que l'Etat prend sa part de la sublime fête.

Citoyens, mes amis, j'aime ce qui reflète
L'union cordiale. Aussi je suis heureux :
Le peuple et les Pouvoirs se comprennent entre eux.
Ce généreux accord, cette franche harmonie
Seraient — dans le péril — une force infinie,
Un levier d'Archimède. — Amis, et c'est pourquoi
Je ne crains point de chute. Oh! non, non, non.
J'ai foi.

L'HOTEL DE VILLE.

L'Hôtel de ville en feu. C'est une apothéose
Grande, sainte, sublime. Et néanmoins je n'ose
Entonner l'hosannah de la foule en gaîté.
Mon cœur bat vite et fort; mon cœur est agité.
Est-ce ma faute à moi si l'ennui noir le ronge?
Là-bas... je me connais des frères, et je songe
A leur douleur amère, à leurs chagrins cuisants.
Sur les rives du Rhin, tristes, couchés, gisants,
Ils se tiennent courbés sur la profonde berge :
Les fauves loups du Nord les frappent de la verge.
Au traité de Francfort, Guillaume les bâta.

Nous sommes au Thabor, ils sont au Golgotha.
Citoyens, mes amis, nos grands éclats de rire,
Pour eux, les délaissés, paraîtront du délire.
Se rappeler parfois qu'on fut vainqueur, c'est bien.
Nous avons des échecs à réparer. — Combien? —

Mettons un crêpe noir aux plis de la bannière,
Tant que la France aimée a cessé d'être entière.

LES BOULEVARDS.

Les Boulevards en feu : le fond du ciel rougeoie,
L'écho répète au loin nos chants d'immense joie.
C'est bien de célébrer la fête du pays,
Le jour qui détrôna les despotes haïs.
Sous l'arbre illuminé, tiens-toi, foule rieuse.
Ta jubilation est sacrée, est pieuse.

Mais tout le territoire, hélas ! ne verra point
Ces fêtes, ces splendeurs. Là-bas.... se trouve un point
Noir, affreusement noir. — Et ce sont deux provinces
Que figure ce point. Ah ! maudissons les princes
Du fauve enlèvement, du rapt, du viol, du vol.
Là-bas des Allemands marchent sur notre sol ;
C'est par droit de victoire et par droit de conquête.

Des Alsaciens-Lorrains nul, bien sûr, ne banquète ;
Nul ne peut à son aise éclairer sa maison.
Sourit-il ? On lui crie : « A mort pour trahison. — »
C'est une tyrannie insensée, effroyable,
C'est une pression inhumaine, exécrable.
La justice est un mot ; la force est le vrai dieu.

Nos frères — en râlant — nous envoient un adieu.

Nous, ne l'acceptons point. Du sang bout dans nos veines :
Sus, courons vers le Rhin et ses terribles plaines.
Beaucoup de nos soldats, beaucoup — et des meilleurs —
Là, dorment enfouis. Le pied de nos pilleurs
Lourdement sur eux pèse. Ils manquent de suaires,
Pêle-mêle entassés... Ces larges ossuaires
Quand vous les frapperez de ce beau nom « Français »,
Se dresseront debout pour compter vos succès.
Des triomphes anciens ce sont là les épaves...
Un mot s'échappera du milieu d'elles :

Braves.

LA MAYENNE.

La Mayenne est en feu. Son flot est étonné
De se sentir battu, lui si peu sillonné.
La Mayenne toujours solitaire et déserte
De barques, de bateaux à cette heure est couverte.
C'est l'inondation des radeaux pavoisés.
Ils forment un remous étrange : unis, croisés,
Ils vont, viennent — sans but — gentiment se balancent ;
Ils voguent au hasard, reculent, puis avancent.
Ce sont les feux follets errants et sautillants,
De toutes les couleurs, à qui le plus brillants.
Ils transportent la foule en liesse — et qui chante.

Cette scène est vraiment grandiose, touchante,
Oui.
Mais le Rhin là-bas coule piteusement,
Et, lorsque sur ses bords il voit un groupement,
Son flot tout en courroux lui jette un coup d'œil louche ;
C'est qu'il entend le seul idiome farouche ;
N'étant pas familier du langage teuton,
Dédaigneux, il s'enfuit vers un autre canton.
Pourtant il se retourne et regarde en arrière :
Des têtes de Français à l'allure guerrière
Sont là. Mais sur les fronts sont peints l'abattement,
Le morne désespoir, le découragement.

O vous qui frémissez, éperdus, tristes, graves,
D'où viennent vos chagrins?
— « Vous nous laissez esclaves ! »
La colère m'échauffe et tout le sang me bout
Dans les veines. Allons, concitoyens, debout.
Je vous propose ici la guerre et les batailles.
Sans doute. Est-ce ma faute à moi ?
J'ai des entrailles.

LA RUE.

Je me tiens dans ma chambre et je suis là, rêvant ;
Par ma fenêtre ouverte, apporté par le vent,
M'arrive ce hourrah : « Vive la République ! »

Et vous montrez à tous la couleur symbolique
Pavoisant votre habit, les arbres, les maisons,
Et vous dites : « Voilà d'honorables blasons ».

Toujours plus grand, plus fort, ce hourrah continue,
Monte, monte, s'en va se perdre dans la nue.
C'est de l'enthousiasme et du délire saint.
La réaction seule est en rage — et se plaint.

C'est bien, peuple, c'est beau d'étaler ton civisme.
Tu te montres toujours capable d'héroïsme.
C'est édifiant, oui.
C'est le retrempement
Des cœurs prêts à faillir, c'est le relèvement
Des fronts qui s'inclinaient. Même le vieillard chauve
Se déride et sourit. — C'est la fête qui sauve.

Dans tout ce grondement joyeux, ici, là-bas,
Je perçois au hasard des blasphèmes : A bas...

Non. Ecoutons la voix qui souffle dans l'espace
Des mots d'apaisement total ; paix — pitié — grâce
Les traîtres sont partis, les traîtres sont fauchés
Par un trépas honteux ; dans la bière couchés
Ils ont droit au repos. Piétiner une tombe,
Ah ! c'est mesquin, c'est vil. Pourquoi jeter la bombe
Sur des cercueils fermés ? Le sceau mortel est là :
C'est la chose de Dieu, du démon,
Et voilà.

Vive la République ! Allons, c'est bien. J'approuve
Et je crie avec vous. — Mais malgré moi j'éprouve
Le besoin d'ajouter la France à ce concert.
L'Etat marche bon train malgré tout. Que nous sert
Le sublime vivat ? La France a les morsures
Des cruels loups du Nord. — Regardons ses blessures :

Elle porte une entaille immense dans les flancs ;
Elle saigne toujours... Citoyens, soyons Francs,
Armons nos mains du fer, cicatrisons la plaie :
Nous n'avons pas avant droit à la gaîté vraie.

LE KIOSQUE.

A la musique du 124e de ligne.
A son jeune et brillant chef, M. Haring.

Le Kiosque est en feu. — Nobles gerbes de flammes —
Du dôme, par festons, pendent des oriflammes.
C'est beau ; je suis ravi. Tout ému, j'applaudis.

O vous qui me blâmez, soyez, soyez maudits.
Vous surtout qui trouvez dans mon rire un cynisme,
Recevez mon dédain ; vous manquez de civisme.
Je détourne la tête et ne vous réponds rien.
La huée est au sot, au grincheux, au vaurien.
D'un glacial mépris j'écoute vos sarcasmes
Et je nourris en moi les purs enthousiasmes.
J'écoute la musique entonnant le refrain
Du fier Rouget de l'Isle, un guerrier fait d'airain.

Haring — avec talent — mène, conduit, dirige.

La fête du pays me donne le vertige.
C'est beau de voir un peuple uni, joyeux, en paix.
Je contemple, j'admire. — Enivré, je me tais.

LE FEU D'ARTIFICE.

—

Des détonations, des bombes fulgurantes,
Puis une odeur de poudre. On se croit transporté
Sur un champ de bataille. Et toi, Laval, tu chantes :
A la Fraternité.

C'est le couronnement, c'est le feu d'artifice
Qui brille dans la nuit, le feu de la gaîté.
Que nos fronts soient riants : il faut bien qu'on bénisse
L'ère de Liberté.

On se presse, on se heurte ; et la rue encombrée
A peine à contenir tout un peuple exalté ;
Ah ! c'est une touchante et noble échauffourée ;
Vive l'Égalité.

POINTS NOIRS.

—

Des maisons sans drapeaux et des fenêtres noires !...

Ces ombres ne font point de taches sur nos gloires
Durables, pures ; non. Le soleil en a bien.
Pas de reproches vains. Mes amis, ce n'est rien.
L'ensemble est merveilleux, la fête est grandiose,
Et notre République a son apothéose.
Répétons tous en chœur, pleins de mâle fierté,
Comme en Quatre-vingt-neuf :
Vive la liberté !

———

MORALITÉ DE LA FÊTE.

—

Lorsque j'entends ce cri sur la place publique,
Ce cri qui part du cœur : — Vive la République —,
Et quand je vois chacun déserter sa maison
Pour inonder la rue, ah ! je perds la raison.
Le bonheur me rend fou. Je me tiens sur ma porte
Et je me dis : Tant mieux ; ma France n'est pas morte.
Son cœur bat, elle vit... J'ai foi dans l'avenir ;
Ah ! nos vainqueurs d'hier n'ont qu'à se bien tenir
Courbés sur leurs canons et cambrés sur leur torse :

Car le rire d'un peuple est un signe de force.

RÉPUBLIQUE FRANÇAISE

VILLE DE LAVAL

FÊTE NATIONALE

DU 14 JUILLET 1882

Le MAIRE de la ville de Laval,

Vu la loi du 18 juillet 1837, article 11, et la délibération du Conseil municipal du 3 juin 1882 ;

Après s'être concerté avec M. le Préfet du département de la Mayenne,

ARRÊTE :

Art. 1er. — La Fête Nationale sera célébrée à Laval, le 14 Juillet, conformément au programme ci-après :

Le 13 juillet 1882, à sept heures du soir, il sera tiré une salve d'artillerie, sur la cale du Viaduc.

Le lendemain, 14, à sept heures du matin et à midi, il sera tiré deux nouvelles salves sur la même cale.

JEUX DIVERS

Sur la place de la Mairie et sur les promenades du Pont-Neuf.

Le 14, à 3 heures de l'après-midi, divers jeux seront disposés sur les promenades du Pont-Neuf. Des prix seront donnés aux vainqueurs.

Lancement de ballons en baudruche.

ILLUMINATIONS

Le soir, salve d'artillerie, les édifices communaux seront pavoisés et illuminés au gaz. Le quai Béatrix, la grande avenue du quai du Viaduc, les promenades du Pont-Neuf et celles de Changé, seront illuminés aux lanternes vénitiennes. Les jardins seront illuminés aux verres blancs.

FESTIVAL AU KIOSQUE

A huit heures, Concert par la Musique du 124e de ligne et l'Orphéon de Laval.

FÊTE DE NUIT

A neuf heures, fête de nuit sur la Mayenne, entre le Pont-Neuf et le Viaduc.

La Musique Municipale montée sur un bateau pavoisé et illuminé jouera les morceaux de son répertoire.

Les sonneurs de trompe, de Paris, MM. H. de la Porte, François Joubaire, Pillier, Martin et Laurent, prêteront leur concours à la Fête de Nuit.

FEU D'ARTIFICE

A dix heures et demie, feu d'artifice sur le quai Béatrix, à l'entrée de la rue Crossardière, par les soins de M. Petit-Demaison, artificier à Nantes.

Art. 2. — Il sera décerné, sur le rapport de la commission organisatrice de la Fête Nationale, des médailles commémoratives en vermeil et en argent, aux propriétaires qui se seront le plus distingués dans la décoration et l'illumination de leurs bateaux ou embarcations pendant la Fête de Nuit sur la Mayenne.

Les habitants sont invités à arborer le drapeau national et à illuminer.

Art. 3. — Une distribution de pain sera faite par la ville aux familles nécessiteuses, au moyen de bons qui seront portés à domicile par les soins des agents de la police.

Art. 4. — La circulation des voitures est interdite le 14 juillet, de huit à onze heures du soir, sur les quais du Viaduc et Béatrix et sur la rue du Viaduc.

Art. 5. — Le présent arrêté sera affiché et publié à la diligence de M. le Commissaire de police, qui demeure chargé, en ce qui le concerne, de son exécution.

Hôtel de ville de Laval, le 22 juin 1882.

Le Maire, A. BILLION.

Vu et approuvé :

Laval, le 23 juin 1882.

P[r] LE PRÉFET :

Le Secrétaire général, COMBARIEU.

FESTIVAL

Donné par la Musique du 124e, la Musique municipale, l'Orphéon et les Élèves-Maîtres de l'Ecole Normale de Laval.

1. *Chant du Soldat* . . . . Bisch.
   Exécuté par les Musiques militaire et municipale, par l'Orphéon et les Élèves-Maîtres.
2. *Les Mousquetaires au Couvent*, fantaisie. . Varney.
   Exécuté par la Musique du 124e.
3. *Le Drapeau tricolore*, chœur. . . . . . . J. Monestier.
   Par l'Orphéon et les Élèves-Maîtres.
4. Variations sur le *Carnaval de Venise*, pour bugle. . . . . Arban.
   Exécuté par la Musique municipale.
5. *Salut, ô Méditerranée !*. . . . . V. Pons.
   Par l'Orphéon et les Élèves-Maîtres.
6. *La Mascotte*, fantaisie . . . . Audran.
   Exécuté par la Musique du 124e.
7. *La Petite Mariée*, fantaisie . . . . Lecocq.
   Exécuté par la Musique municipale.
8. *Marche des Sauveteurs*. . . . . Haring.
   Exécuté par la Musique du 124e et la Musique municipale.
9. *La Marseillaise*, par tous les exécutants.

RÉCOMPENSES.

Par décret du Président de la République, en date du 5 juillet :

124e Régiment. — PINART (Constant-Théophile), capitaine ; 15 ans de services, 10 campagnes, 1 blessure,

Est nommé chevalier de l'ordre national de la Légion d'honneur.

Par décret en date du même jour, la médaille militaire a été conférée à :

Gendarmerie, 4e légion. — BRIONE (Denis-Désiré), brigadier, à Laval ; 24 ans de services, 1 campagne ;

TRIPIER (François-Auguste), gendarme, à Loiron ; 27 ans de services, 2 campagnes.

Honneur à ces braves.

LIBERTÉ
ÉGALITÉ
FRATERNITÉ

www.ingramcontent.com/pod-product-compliance
Ingram Content Group UK Ltd.
Pitfield, Milton Keynes, MK11 3LW, UK
UKHW020223200726
13856UKWH00004B/1581

9 782013 041072